AF219382

Ann Maybach

Durch die Zeit

Ann Maybach

Durch die Zeit

(mit 32 farbigen Zeichnungen

der Autorin)

© 2015 Ann Maybach

Herstellung und Verlag:

BoD – Books on Demand, Norderstedt

ISBN: 9 78-3-7543-1901-7

Inhalt

Teil I

Mit Onio durch die
Zwischenzeit

Montag

1.

Ich habe mir ein Glas Wein eingegossen.

Onio kommt angerudert, als habe er es gerochen.

Ich habe ihn längere Zeit nicht gesehen.

Onio liebt Wein, am liebsten badet er darin, meist unfreiwillig.

Du schiebst mein T-Shirt hoch und streichelst meine Brüste.

Dein harter Penis drückt gegen meinen Körper.

2.

Ich begrüße Onio mit einem Handwedeln.

Bringst Du mir Nachricht von Deinem Herr-chen?

Du ziehst meinen Rock herunter und meinen Slip.

Ich spüre Dein Glied an meiner Scham.

Ein Sehnsuchtstropfen.

3.

Onio hat einen roten Kopf, oder rote Augen?

Er umschwirrt meinen Kopf und setzt sich dann auf den Rand meines Weinglases.

Eine Alkoholiker-Fruchtfliege.

Ich sehe Dich selten, nur ab und zu, wenn Du mich sehen willst.

Rote Haare und Augen wie Nebelfeuer:

Verträumt und doch klar mit einem Leuchten.

Sie richten sich auf mich, so wie Dein Schwanz.

4.

Onio ist schon wieder ins Weinglas gefallen
und paddelt wie wild.

Ich rette ihn mit dem Kaffeelöffel.

Ich habe Onio nach meinen Lieblingskomponis-
ten Vivaldi und Dvorak genannt.

*Dein Mund liegt auf meinem Mund, dann auf
dem Mund unter dem Schamhaar.*

5.

Onio ist wieder weg.

Deine Zunge lässt Vivaldi in meinem Kopf er-klingen.

Ich öffne die zweite Flasche Wein.

Dienstag

1.

Halb sieben abends.

Onio kommt angerudert.

Er hat seinen Bruder mitgebracht.

Er ist ganz schwarz.

Ich nenne ihn Otto.

Wir machen da weiter, wo wir gestern aufgehört haben.

Inzwischen sind wir beide nackt.

Nun mein Mund um Dein Glied, meine Hand um Deinen Schaft.

2.

Onio setzt sich auf eine meiner Rosen.

Sie sind weiß mit rosa Rändern.

Otto sitzt auf dem Hals der Weinflasche.

Dann ist er verschwunden.

Du wirfst mich aufs Bett.

Du knabberst an meinen Brustwarzen.

Ich knabbere an Deinem Ohr und streichle Deine rötlichen Bursthaare.

3.

Onio fliegt gefährlich nah über meine Kerze.

Otte scheint in die Weinflasche gefallen zu sein.

Ich gieße das letzte Glas ein, und tatsächlich,
darin schwimmt er.

Ich angele mit dem Finger nach ihm und rette
ihn.

In meiner Klamm fließt ein kleines Bächlein.

4.

Onios Vater ist ein Schmetterling gewesen, das hat er mir geflüstert.

Du willst mich vor Lust beißen, ich kratze mit meinen grün lackierten Fingernägeln über Deinen Rücken.

5.

Ich blase Onio meinen Zigarrenrauch entgegen.

Der süße Geruch hat ihn angezogen.

Er verschwindet im Nebel.

*Du hast einen Finger in meine Vagina gesteckt
und leckst anschließend den Finger ab.*

Mittwoch

1.

Ich habe Vivaldis „Vier Jahreszeiten" aufgelegt und bin beim 3. Glas Wein.

Onio kommt angeflattert, angezogen von dem Duft eines Apfel-Viertels.

Ich träufle etwas Wen in Deinen Bauchnabel und lecke ihn aus.

Dabei spiele ich mit Deinen Kugeln.

2.

Onio ist mal wieder unbemerkt ins Weinglas gefallen und als ich ihn endlich entdecke, ist er beschwipst.

Er lallt Grüße von seinem Herrchen und flattert schwankend umher.

Du drehst mich auf den Bauch, streichst über meinen Rücken bis zum Po, fummelst am Po-Loch.

Dann – klatsch – haust Du mir auf den Po.

3.

Onios Familie hat sich in der Küche auf einem fauligen Pfirsich versammelt.

Ich nenne sie: Otto, Onto, Oli, usw.

Wir liegen nebeneinander.

Ich masturbiere Deine Penis, Du streichelst meine Klitoris.

Aus meinem Bächlein wird ein Bach.

4.

Es ist heiß, ich habe mich bis auf den Slip ausgezogen.

Onio krabbelt über meine nackte Haut.

Setzt sich auf meine Nasenspitze, dann auf eine Brustwarze.

Ich erzähle Dir zwischen leisem Stöhnen, dass ich bei Deinem Bruder eine Vorlesung über Anatomie gehört habe.

Du sagst, Du bist mehr für die Praxis.

5.

Onio sitzt noch immer beschwipst auf meinem Apfel-Viertel und flüstert mir kleine Schweinereien zu.

Du hälst es nicht mehr aus.

Du beugst Dich über mich und dringst in mich ein.

Donnerstag

1.

Die Weinflaschen beim Mülleimer in der Küche häufen sich.

Onios Familie ist dort versammelt.

Onio besucht mich mittags in der Küche, bzw. seine Familie.

Wir liegen ineinander.

Du hast zwei, drei Mal zugestoßen.

2.

Onio fliegt zu der erloschenen Kerze.

Dann betrachtet er sein Spiegelbild im Weinglas.

Er ist heute sehr unruhig.

Zwei Krankenwagen heulen vorbei.

Du nimmst wieder Fahrt auf.

Ich drücke meine Fersen in Deinen Po und knete Deine Brüste.

Du stößt tiefer und tiefer.

3.

Ich bin trunken, auch vom Wen.

Onio macht einen Köpper in mein Weinglas,
taucht wieder auf und stürzt sich erneut hinein.

Wir wechseln die Stellung:

Löffelchen, um uns auszuruhen.

Ich höre Dein leises Stöhnen wie durch Nebel.

4.

Onio setzt sich auf meine Zigarre und lächelt mich an.

Er flattert in meine Ohrmuschel und flüstert Schmeicheleien.

Wir sind inzwischen bei der Stellung 69.

Mein Mund an Deinem Schoß.

Dein Mund an meiner Scham.

Mein Bach ist voll, bald läuft er über.

5.

Mein Weinglas ist leer.

Onio und Otto verlangen Nachschub.

Onio schlabbert an einem herunterrinnenden Tropfen, Otto badet in der Pfütze unter meinem Glas.

Wir wissen beide von dem Märchen des vaginalen Orgasmus.

So etwas gibt es nur im Traum, oder?

Ich warne: „Morgen bist Du <u>dran</u> ... "

Freitag

1.

Ich habe Dvoraks Symphonie „Aus der neuen Welt" aufgelegt.

Onio hat nur Blödsinn im Kopf:

Er fliegt durch den Hohlraum meiner Haarklemme auf dem Nachttisch hin und her.

Ob er sie für die Wirbel eines Tieres hält?

Er äußert sich nicht.

Ich kauere auf allen Vieren vor Dir, den Kopf im Kissen.

Du stößt mich von hinten.

2.

Onio guckt durch meine Lesebrille.

Er wird größer.

Ich bekomme Angst, ihm wird schwindelig.

Du willst in mein Po-Loch.

Ich sage: „Nein!"

3.

Onio fliegt wieder knapp über der Kerze.

Er hat Feuer am Hintern.

Du penetrierst mich.

Dein Stöhnen wird lauter.

Kurz bevor Du kommst, ziehe ich mich zurück, kneife zu.

Du machst einen Schmerzenslaut.

4.

Onio stürtzt sich von hoch oben auf mich nieder.

Ich lasse Dich wieder ein.

Zwei, drei Stöße.

Beim Höhepunkt des 4. Satzes, dem „Allegro con fuoco", kommst Du.

Du sackst über mir zusammen.

5.

*Du liegst wohlig und mit nebelfeurigen Augen
in meinen Armen.*

Du: „Morgen bist <u>Du</u> dran!"

Onio zappelt durch meinen Aschenbecher und
wird aschgrau.

Er setzt sich auf meine Zigarrendose und fordert mich auf, die Zigarre danach zu rauchen.

Samstag

1.

Ich habe mir einen Whisky eingeschenkt.

Er macht mich geschmeidig.

Ich fasse mich an.

Mein Lieblingsfinger an meiner Lieblingsstelle.

Onio beobachtet mich.

Deine Hand wandert über meinen Körper, von den Brüsten bis zur Scham.

2.

Onio feuert mich an, er ist angezogen von meinem sexuellen Duft und umkreist meine Scham.

Er flüstert mir Zauberworte zu.

Ich werde schneller.

Überall Deine Finger, Dein Mund, an der Klitoris, in der Vagina, an den Brüsten, an meinen Lippen.

3.

Onio kitzelt mich mit seinen Fühlern, Beinen,
schleckt mit seiner winzigen Zunge an meinem
Körper.

Ich halte es kaum noch aus.

Du wirst schneller, nasser.

4.

Ich bäume mich auf.

Aus meinem Bach spritzt die Gischt.

Du ziehst an meinen Haaren, als es fast so weit ist.

Rache für den Verzugsschmerz?

5.

Ich komme.

Ich komme.

Sonntag

1.

Ich lege DJ Antoine auf und tanze durchs Zimmer.

Onios Familie ist in und um mein Weinglas versammelt und gratuliert mir.

Du wäschst mir mit einem Waschlappen den verschwitzten Rücken und die Brust ab.

2.

Ich lüfte und leere den vollen Aschenbecher.

Onio schaut mir zu.

Wir liegen nebeneinander.

Du streichelst mein Gesicht.

3.

Ich räume die leeren Flaschen weg und spüle mein Weinglas.

Onio versteckt sich, damit er nicht mit weggewischt wird.

Wir küssen uns.

(Onio hat mir zugeflüstert, dass wir das ganz vergessen haben.)

4.

Ich beziehe das Bett frisch und werfe die ver-
blühten Rosen weg.

Wir schlafen nebeneinander ein.

5.

Morgen sehe ich Dich wieder.

Und wieder Montag

6 Uhr.

Onio paddelt gelangweilt in meinem Wasser-
glas.

Ich mache mich auf den Weg zu Dir.

Ich freue mich.

Ich sitze Dir schüchtern gegenüber.

Du ahnst nichts von meinen Phantasien.

Auf dem Rückweg kaufe ich die 1. Flasche
Wein,

für die Zwischenzeit.

Teil II

Mit Coco durch die

Jahreszeiten

Frühling

1.

Auf meinem letzten Rückweg von Dir, kam ich an einer Zoohandlung vorbei.

Ich war unverschuldet zu etwas Geld gekommen und wollte mir eigentlich einen neuen Mantel kaufen.

Da sah ich Coco, einen wunderschönen Papagei.

Er guckte mich an, ich guckte ihn an und der Mantel war passe.

Coco machte mich auf gewisse Weise glücklich, ich hörte auf zu trinken, Ich trank jetzt nur ab und zu einen Whisky, um geschmeidig zu bleiben.

Ich kam aber auf Umwegen zu etwas Haschisch.

2.

Ich stellte ihn samt erworbenem Käfig in mein
Schlaf- und Arbeitszimmer und sagte mehr zu
mir selber:

„Mal schauen, ob du mich über Oliver" – so
hieß mein Schwarm – „hinwegtröstest."

Coco schaute mich interessiert an und flötete:

„Oliver, my love. Oliver, my love."

Da wusste ich, dass ich nicht nur einen sehr
schönes, sondern auch ein sehr intelligentes
Tier gefunden hatte.

3.

Am Abend wollte ich Coco mit einem großen Tuch zudecken, aber er fing an, mit dem Schnabel an dem Tuch zu zerren, bis es ganz im Käfig war, frei nach dem Motto:

„Ich sehe nichts mehr, das ist langweilig."

Aber er hatte begriffen, was ich wollte.

„Gute Nacht!" krächzte er, steckte den Kopf unter sein Gefieder und tat so, als schliefe er.

Punkt 8.00 Uhr am nächsten Morgen – die Zeit, in der die Zoohandlung aufgemacht wurde – weckte er mich mit einem fröhlichen „Good morning!"

4.

Im Laufe des Vormittags fiel mir ein, dass ich mich ihm noch gar nicht vorgestellt hatte.

„Ich heiße Ann!"

„Anna, Anna!" rief Coco entzückt.

„Nein, Ann ohne „a".

„Anna, Anna lieb". Coco blieb dabei.

Also gut. Ich würde es später mit einem englisch ausgesprochen „Ann" noch mal versuchen.

Ich erfuhr später, dass ein Verkäufer in besagter Zoohandlung Engländer war und Coco heimlich etwas Englisch beigebracht hatte.

5.

Coco liebte Vivaldis „Vier Jahreszeiten" und konnte schon nach kurzer Zeit sämtliche Stellen, an den Instrumente Vogelstimmen nachahmten, mitpfeifen.

Da kam unter anderem daher, dass ich nach dem Genuss einer Haschisch-Zigarette oft ein Lied aus dem Zyklus auf Dauerschleife hörte.

Bedingt durch meine Einsamkeit, erzählte ich Coco viel und Coco plapperte auch viel.

Man konnte fast sagen, wir machten Konversation.

6.

Nach drei Tagen beschloss ich zu testen, ob Coco fliegen konnte.

Ich öffnete die Käfigtür, setzte ihn auf meine Hand und dann auf den Boden.

Coco tippelte durchs Zimmer, schlug mit den Flügeln, aber höher als auf meinen Schreibtischstuhl kam er nicht.

Aber immerhin.

Außerdem konnte man ja auch stückchenweise in die Höhe kommen:

Vom Stuhl auf den Schreibtisch, von da aufs Fensterbrett, dann auf die Yucca-Palme und – zack – war Coco auf der Gardinenstange ganz oben.

Geht doch!

7.

Ich fing an, Tagebuch bzw. kleine Geschichten über Coco zu schreiben.

Dann, an einem Abend, als ich nach längerer Zeit – zwecks Selbstbefriedigung – mir einen Whisky eingeschenkt hatte, lernte Coco meinen kleinen Freund, die Fruchtfliege Onio kennen.

Ich sagte zu Coco:

„Das ist Onio. Onio lieb."

Coco trällerte:

„Coco lieb. Anna lieb" - er war trotz Englischkurs bei dem Namen geblieben – „Omo lieb."

Mist, warum mussten alle Lebewesen in meiner Umgebung – eingeschlossen mich – so schwierige Namen haben.

Übrigens:

Mein Selbstsex wurde etwas holprig, da Coco immer wieder etwas verwundert „Oliver, my love, Oliver, my love" flötete, was natürlich auch irgendwie passte.

8.

Coco und Onio freundeten sich an.

Coco hatte anfangs nach Onio geschnappt, aber nachdem Onio einmal mit brennendem Hintern – er war wieder zu nah an meine Kerze gekommen – wie ein Glühwürmchen durch das Zimmer flog und Coco aufgeregt „Feuer, Feuer!" rief, hatte sich Onio Respekt verschafft.

Nun saßen die beiden oft im Käfig, Onio auf einer der Gitterstäbe und unterhielten sich, so schien es.

Ach so. Habe ich eigentlich schon erzählt, wie Coco eigentlich aussieht? Nein? Also:

9.

Coco hat einen grünen Rücken und Flügel, dazu eine orangene Brust.

Da er auch gerne singt, nenne ich ihn manchmal zärtlich „Rotkehlchen".

Coco hat einen gelben Schnabel und ganz, ganz unten, da wo, naja, also da ist eine lila Feder.

Wer so ein schönes (Feder-)Kleid besaß, der musste natürlich nach meiner Lieblingspersönlichkeit Coco Chanel genannt sein.

Bei unserem nächsten Zusammentreffen erzähle ich Dir beiläufig von meinem Papagei und den Geschichten.

Du lächelst.

Sommer

1.

Im Sommer wagte ich mich das 1. Mal mit Coco nach draußen. Ich wollte wenigstens einmal um den Block gehen.

Ich legte ihm ein silbernes Kettchen um den Fuß, das ich mit einer Hundeleine verlängerte. Man weiß ja nie.

Ich setzte Coco auf meine Schulter und ging auf die Straße. Onio flog neugierig hinterher.

Dem 1. Spaziergänger, dem wir begegneten, begrüßte Coco freundlich mit einem „Hello fellow!"

Dann kamen wir an einem Grundstück mit Hund vorbei.

Coco krächzte fröhlich: „Good dog".

Als uns die Besitzerin etwas verwundert bestaunte, rief Coco ein charmantes „Bon jour Madame". Da er so gelehrig war, hatte ich ihm etwas Französisch beigebracht.

So ging es immer weiter.

Jeder Spaziergänger, der uns begegnete, jedes Haustier, ja jeder Vogelgenosse – „Hey Birdy!" – wurde freundlich von Coco begrüßt.

Leider ging uns Onio bei dem Spaziergang verloren.

Als wir nach einer anstrengenden, aber lustigen halben Stunde wieder zu Hause waren, saß Onio schon auf dem Klingelknopf.

Man sollte auch Fruchtfliegen nicht unterschätzen.

2.

Coco und ich hatten eine gute Zeit.

Wenn ich bekifft war, erzählte ich Coco das Ende von Kafkas „Das Schloss", erklärte ihm die Relativitätstheorie und einmal schaffte ich es sogar, mit Hilfe eines billig erstandenen Chemiebaukastens, mit dem ich eigentlich Haschisch künstlich herstellen wollte, die chemische Formel für Silber zu entwickeln.

Leider stellte sich am nächsten Morgen heraus, dass das nur Silberfische in meinem Glas waren.

Und Coco hatte dummerweise den Zettel mit der Formel aufgegessen.

3.

Onio und seine Familie waren auch wieder ein-
gezogen, da ihnen der Haschischgeruch ganz
gut gefiel.

Ich versuchte, in diesem Sommer etwas abzunehmen. Angezogen von den Obstresten, die
überall herumlagen, und dem würzigen Geruch,
lernte Onio seine Frau – ich nannte sie Tonja –
kennen.

Sie war schwarz mit gelben Haaren oder Augen.

Tonja legte 10 Mal hintereinander ihre Eier in
meine Yucca-Palme, dann verschwand sie wieder mit ihren Kindern.

Die übrige Familie blieb.

Ich fing an, mich zu fragen, ob es in meiner
Wohnung vielleicht an Hygiene mangelte.

4.

Den ganzen Sommer über schrieb ich an meinen Geschichten über Coco.

Am Ende des Sommers hatte ich fast 30 Geschichten zusammen und dachte darüber nach, diese zu veröffentlichen.

Bei einem lang ersehnten Besuch bei Dir, erzählte ich Dir von meinem Vorhaben.

Du nicktest mit dem Kopf.

Herbst

1.

8 Uhr. „Shit morning!"

Coco schaut melancholisch aus dem Fenster und beobachtet die Vögel, die vorüberfliegen.

Hat er gerade „shit" gesagt? Wo hat er das Wort schon wieder aufgeschnappt?

Coco summt leise: „Wenn ich ein Vöglein wär und wenn ich Flügel hätt, flög ich zu Dir."

Ich bin auch etwas trübsinnig und beginne den Tag mit einem Joint.

Um uns etwas aufzuheitern, lege ich Vivaldi auf den Platten-Teller und stelle die Geschwindigkeit auf „45".

Das geht ab.

Ich öffne Cocos Käfig und setzte ihn auf den Teppich.

Coco, der schon im Käfig anfing, monoton mit dem Kopf zu nicken, tänzelt über den Boden, spreizt seine Flügel, formt sie über dem Kopf wie zum Gebet und dreht sich im Kreis.

Nach fünf Minuten kippt er erschöpft um, ich stelle die Platte wieder auf „33".

Wir – zumindest Coco – hatten unseren Spaß.

2.

Ich verschicke Manuskript um Manuskript, bekomme aber nur Absagen.

Wenn es ganz schlimm ist – und ich dazu noch
Oliver vermisse – lege ich eine „Miniatur" von
Dvorak, die „Elegie" auf und höre sie so oft,
dass ich sie in der Stille danach noch weiter in
meinem Kopf höre.

Coco habe ich meine Lieblings-CD von Vivaldi
schon so oft vorgespielt, dass er schon die Satz-
bezeichnung – Allegro, Andante, Largo, usw. –
schon mit ansagen kann.

3.

An manchen Tagen schauen wir drei uns bei dem Genuss von „gewürzten" Plätzchen und Tee stundenlang die Detail-Ansichten meines Monet-Bildbandes an.

Coco auf meiner Schulter, Onio krabbelt über die Bilder.

Dabei hören wir gerne die Romanze von Dvorak.

Wenn ich dann das Buch zumache, muss ich aufpassen, dass ich Onio nicht aus Versehen erschlage.

Zum „Einjährigen" oder 1. Geburtstag habe ich Onio eine Platte seines Namensvetters Anton Bruckner geschenkt.

Er machte einen winzigen Tropfen Pipi darauf.

Ich glaube, die Techno-CD von Heino gefiel ihm besser.

Coco spricht manchmal im Schlaf. „Omo, my love".

4.

Dann, Ende November, **einen Tag bevor ich Dich wiedersehe**, kommt die Nachricht, dass ein kleiner Verlag mich nimmt.

Ich gehe so glücklich zu Dir, dass es Dir auffällt.

An Deinem Nebel-Blick sehe ich, dass Du mich zum 1. Mal richtig wahrzunehmen scheinst.

Winter

1.

Der erste Schnee ist gefallen. Coco hat die Schneeflocken fasziniert beobachtet.

Ich beschließe, mit ihm in den Garten zu gehen und einen Schnee-Papageien zu bauen.

Coco stapft frierend durch den Schnee und untersucht seine Fußspuren.

Leider sieht mein Schnee-Papagei eher wie ein Schnee-Elefant auf zwei Beinen und ohne Rüssel aus.

Wieder in der Wohnung mache ich Glüh-Weißwein warm. Die Gewürze in dem Wein wirken anregend auf mich.

Ich lege mich aufs Bett und rubbele ein bisschen an mir.

Coco schaut mir zu und fängt auch an, mit seiner lila Feder an der Sitzstange zu reiben.

Onio flirtet mit Olivia, seiner Cousine 2. Grades.

Uns wird warm.

2.

Ich habe eine Flasche Sekt aufgemacht. Es gibt etwas zu feiern:

Meine Bücher sind gedruckt und ich halte das 1. Exemplar in den Händen.

Coco hat auch ein Schlückchen Sekt in seine Wasserflasche bekommen.

Ich rauche eine meiner speziellen Zigaretten und wir kommen alle gut drauf.

Dann wage ich es:

Ich lege Dvoraks „Serenade for winds" auf und stelle diesmal auf Geschwindigkeit „75".

Hui!

Ich lasse Coco frei und – er fliegt auf die Gardinenstange. Onio hinterher.

Wir sind high.

Ich tanze und stampfe, Coco fliegt durch die Gegend, Onio immer hinterher.

Der Nachbar klopft an die Wand und schreit „Ruhe".

Coco kreischt: „Ruhe my love, Ruhe my love!"

Die Plattennadel springt. Die Schallplatte ist schnell vorbei, der Nachbar ist mir egal, ich lege die Allegri aus den Concerti Grossi von Vivaldi auf, ebenfalls auf 75 Umdrehungen.

Wir lachen, pfeifen. **Das Leben kann auch ohne Dich so schön sein.**

Erst am frühen Morgen falle ich müde, aber glücklich in mein Bett. Onio schläft selig in der Neige der Sektflasche und Coco ist von selbst in seinen Käfig getippelt und wünscht mir ein letztes „Good shit!".

3.

Coco schaut aus dem Fenster. An den Regen-
rinnen hängen lange Eiszapfen.

„What a cold, cold day", plappert Coco.

Coco spricht inzwischen fast nur noch englisch.

Ich verstehe „what a Coco day".

„Hast Du heute Geburtstag?" frage ich ungläu-
big.

Coco guckt mich vorwurfsvoll an. „Cold, cold
day, brrr", versucht er zu erklären.

Ich lege Coco eine Wärmflasche in den Käfig,
immerhin kommt er aus dem Süden. Onio
nimmt auf der Wärmflasche Platz, wir drei ver-
schlafen den ganzen Winter.

**Zu Weihnachten habe ich Dir mein Buch ge-
schenkt. Du hast Dich gefreut.**

Und wieder Frühling

1.

Es ist Frühling. Draußen wird es wärmer, die ersten Krokusse haben sich hervorgekrost.

Ich beschließe, mit Coco in den Tierpark zu gehen.

Wir haben Glück, man lässt Coco, da er an der Leine ist, hinein.

Wir bewundern die schön angelegten Blumenbeete und kommen zum Papageien-Gehege.

Drei blaue und orangene Papageien sitzen auf einem kahlen Geäst.

„Hello brothers and sisters!" ruft Coco erfreut.

Die Papageien lassen ein paar krächzende, unverständliche Geräusche von sich.

Coco guckt mich an und brummt „Dumm-köpfe".

Ein Beo nebenan ruft „Englishman?"

Coco treibt mich zu seinem Käfig. „Hello fellow. How do you do?"

Die beiden unterhalten sich eine Weile auf Englisch. Ich rauche eine leckere Zigarette. Onio schaut sich interessiert den Schaukasten mit der Entwicklung seiner Artgenossen an.

Coco hat Durst. Wir holen uns ein stilles Wasser und sind ganz still.

2.

Eine Woche später bin ich wieder bei Dir.

Mein Buch verkauft sich gut.

Auch Dir hat das Buch gefallen. Du lobst mich und gibst mir Deine Telefonnummer mit den Worten „Du würdest gerne mal mit mir darüber plaudern".

Meine Gedanken und Gefühle müssen sich neu ordnen.

Solltest Du etwa…?

Ich wage es kaum zu denken.

Hoffnungsvoll gehe ich nach Hause. Dort gebe ich Coco einen Kuss auf den Schnabel und Onio einen Klaps auf den Po.

Ich bin glücklich.

Teil III

Mit Karma durch

die Tempi

1. Vivace (*lebendig*)

Ich wartete eine Woche, bis ich Dich anrief, besser gesagt ich Dich anrufen wollte.

Ich war so aufgeregt, dass ich ein Valium nehmen musste und dann – fand ich den Zettel mit Deiner Telefonnummer nicht.

Ich suchte alles ab. Nichts.

Blieb mir nur zu hoffen, dass Du mich anrufst.

Nun hieß es wieder warten.

2. Largo (*langsam*)

Ich hatte kurzfristig einen Kamel-Lama-Mischling von meiner Patententante geerbt.

Karma, so hieß er, stand im Garten und nachts stellte ich ihn in das ausgeräumte Gartenhäuschen.

Seine ruhige, wiederkäuende Art hatte eine beruhigende Wirkung auf mich, die ich besonders jetzt, im unruhigen Warten gut gebrauchen konnte.

Ab und zu nahm ich eine Valium-Tablette, setzte mich neben Karma auf die Wiese und versuchte zu meditieren.

Ich kaufte mir ein Buch über Yoga und Meditation und fand Gefallen daran.

Es half.

Manchmal nahm ich Coco mit und, nachdem sich beide erst einmal bespuckt hatten, war Frieden zwischen den beiden.

Leider konnte Coco nicht lange den Schnabel halten und störte bei meinen Übungen.

Bis ich auf die Idee kam, Coco manchmal einen Riesel Valium in die Wasserflasche zu tun, bevor wir in den Garten gingen.

Dann lag er platt auf seinem orangenen Bauch und kaute auch wieder.

Onio setzte sich dann abwechselnd in ein Auge der beiden oder auf einen der beiden Schwänze.

Die Augenlider zuckten, die Schwänze wedelten.

3. Moderato (*ruhig*)

Mein Verleger hatte in dieser Zeit ein paar Lesungen für mich arrangiert.

Er wollte eigentlich, dass ich eine ganze Lesereise mache, aber das wäre mir zu viel geworden. Erst recht jetzt, wo ich auf Deinen Anruf wartete.

Da ich eher schüchtern war und mich nicht gern vor fremden Menschen präsentierte, hatte ich mir besagte Valium-Tabletten besorgt.

An einem Abend sollte ich in einem Saal vor 300 Gästen vorlesen.

Ich war so aufgeregt, dass ich zwei Valium nahm.

Danach war ich so entspannt, dass mir mitten in der Lesung fast die Augen zu- und das Buch aus den Händen fielen.

4. Larghetto (*sehr langsam*) / Andante (*gehend*)

Im Zuge meiner Entspannungsmethoden legte
ich eines Abends die „Romanze" aus Dvoraks
Miniaturen auf und stellte die Geschwindigkeit
auf „16".

Coco war so entspannt, dass er fast von der
Stange fiel.

***

Um mir die Zeit zu vertreiben, kaufte ich
Karma einen lila Fez und ein hellblauen Ge-
schirr und ritt mit ihm zum nächsten Spielplatz.

Coco saß auf seinem Kopf, Onio auf Cocos
Kopf.

Karma freute sich über den schönen Sand auf
dem Spielplatz und badete erst mal ausgiebig
darin.

5. Presto (*rasend*)

Dann eines Abends, es war nach 23.00 Uhr, kam Gott sei Dank Dein Anruf.

„Ann, warum haben Sie mich nich angerufen?" Du lalltest etwas. Wahrscheinlich hast Du Dir etwas Mut antrinken müssen.

„Soll ich kommen?" fragte ich.

„Bitte, sofort!"

„Aber es fährt kein Bus mehr."

„Hm."

Ich hatte eine Idee. „Ich komme mit Karma."

„Ich liebe Ihr Karma, Ann."

„Karma ist mein Kamel. Haben Sie einen Garten?"

„Wir können Ihren Karma neben meine Ann-Claire stellen", unktest Du.

„Wer ist Ann-Claire?"

„Meine Kuh. Der Stall ist groß genug".

„Ich bin in 10 Minuten bei Ihnen."

***

Die Energien prallten aufeinander. Wir fielen uns um den Hals und küssten uns leidenschaftlich.

Ich wusste gar nicht, dass Du schon solche Gefühle für mich entwickelt hattest.

Na ja, die Papageien-Geschichten waren auch sehr erotisch ausgefallen.

6. „Moderato con moto" („*ruhig mit Gefühl*")

Am nächsten Morgen lagen Karma und Ann-Claire einträchtig nebeneinander.

Sie hatten sich in der Nacht wohl angefreundet.

Du musstest erstmal Ann-Claire melken.

Du erzähltest mir scherzhaft von Deiner Wunschvorstellung, dass aus ihrem Euter Bier statt Milch käme.

Auf einer Party hattest Du mal versucht eine Zapfanlage an Ann-Claire anzubringen, aber sie hat Dir nur einen Tritt mit den Hinterbeinen gegeben.

7. „Vivace con moto" („*lebendig mit Gefühl*")

Ich blieb noch den ganzen Tag und die nächste Nacht bei Dir.

Wir hatten Sex auf dem Balkon, Du auf einem Stuhl sitzend ritt ich Dich.

Man konnte uns sehen, aber doch nichts sehen. Wir blickten auf Ann-Claire und Karma, die sich zärtlich aneinander rieben.

Wir tranken Sekt und als ich kurz vor dem 4. Orgasmus einen Scheidenkrampf bekam, musste ich ein Valium einwerfen, dann ging es weiter.

Beißen, kratzen, streicheln, alles war dabei. Herrlich!

Schöner als alle meine Phantasien.

Bei der Fellatio renkte ich mir kurz den Kiefer aus, aber ich griff in mein Gebiss, renkte ihn wieder ein und weiter ging's.

Am Abend hörten wir ein Muhen und wir merkten, dass wir auch mal was essen sollten.

Es gab köstliche frische Milch von Ann-Claire und Joghurt und Käse, selbstgemacht.

In der Nacht schliefen wir Arm in Arm.

Am nächsten Morgen wolltest Du mir etwas beichten.

„Verheiratet?" riet ich. „Nein."

„Schwul?" „Nee".

„Was dann?"

„Ich mache nächste Woche eine Pilgerreise durch Spanien. Das ist schon lange geplant."

„Gut", reagierte ich. „Dann mache ich Urlaub in Indien. Da wollte ich immer schon mal hin."

Gesättigt ritt ich mit Karma, der nur schwer von seiner neuen Freundin zu trennen war, nach Hause, wo mich Coco mit einem vorwurfsvollen „Hunger, du Schlampe!" empfing.

8. Arie

In der Zeit ohne Dich bis zur Indienreise fing
ich – wenn ich nicht gerade abends eine Lesung
hatte – wieder an, Hochprozentiges zu trinken.

Ich trank zwei, drei Wodka mit Orangensaft,
legte mir eine Oper von meinem dritten Lieb-
lingskomponisten Verdi auf und befriedigte
mich in Gendanken an Dich.

Aida, Nabucco – welch ein Genuss, welche
Sehnsucht.

Du hattest ein guten Zeitgefühl bzw. Intuition.

Nach jedem Orgasmus kam Dein Anruf, „ob es
mir gut geht.“

9. Allegro (*schnell*)

Als Du von Deiner Pilgerfahrt zurückkamst –
meine Indienreise war längst vorbei – kamst Du
noch am gleichen Abend mit einer Flasche
Whisky –oder war es Wodka? – zu mir und sag-
test scherzhaft:

„Wir wollten doch eigentlich über Dein Buch
plaudern" und küsstest mich.

„Welches?" fragte ich.

Ich hatte inzwischen angefangen, ein Buch über
meine Kindheit zu schreiben.

Teil IV

Mit Pummelchen

durch die Schulzeit

Sommerferien

Stück 6 (Sommer):

Tempo impetuoso d'Estate

(= *Tempo des stürmischen Sommers*)

1.

Schon in meiner Jugend gab es zwei Oliver.

In den ersten Oliver, genannt Olli, verliebte ich mich in den Sommerferien bevor ich aufs Gymnasium kam.

Schon damals war ich einer Sucht verfallen:

Wie die meisten Kinder war ich voll auf Zucker.

Ich liebte Weingummi in allen Farben und Formen.

Olli war der Sohn des Kioskbesitzers, bei dem ich „meinen Stoff" holte.

Leider sah man mir meine Leidenschaft für Gummibärchen an und in der Grundschule hatten mich alle nur Pummelchen genannt.

Zum Trost schenkte mir meine Mutter ein Zwergkaninchen, das ich auch Pummelchen nannte, das nahm dem Spitznamen den Schrecken.

2.

Ich hatte schöne lange Haare, in die ich mein Pummelchen einwickelte, wenn ich mit ihm schmuste.

Meine Mutter kaufte sich auch ein Kaninchen, damit Pummelchen nicht so allein war.

Sie nannte ihres „Dunki", nach Dvoraks 6 Tänzen. Dunko hieß übersetzt „Gedanke".

Meine Mutter - eine Französin - brachte mir auch die Liebe zur klassischen Musik bei.

Wir hörten ganze Abende Vivaldis „4 Jahreszeiten" und sie erklärte mir die Bedeutung der Stücke.

Manchmal spielte sie mir auch etwas auf dem Klavier vor und überredete mich – was eigentlich gar nicht nötig war – Klavier zu lernen.

3.

Wie gesagt, in diesen Sommerferien hatte ich mir etwas Geld verdient, indem ich meinem Vater beim Auto waschen half.

Ich ging täglich zu meinem Kiosk und sah Olli.

Er lächelte mich immer an und gab mir immer etwas Süßes extra.

Irgendwann nahm er wohl seinen Mut zusammen und fragte mich, ob er mich mal besuchen dürfte.

Ich hatte ihm von meinem Pummelchen erzählt und er wollte ihn mal streicheln.

4.

Im Laufe der Zeit streichelte er nicht nur mein Kaninchen…

Wir knutschten im Staub auf dem Dachboden und er brachte mir immer Reste von Süßigkeiten aus seinem Kiosk mit.

Manchmal trafen wir uns auch am Bahnhof und sahen uns die Züge an.

Als ich ihn mal fragte, warum wir nie zu ihm gehen, wich er aus.

Die Schule begann wieder.

<u>Herbstferien</u>

Stück 6 (Herbst)

Ballo e Canto de Villanelli

(= *Tanz und Gesang der Bauernburschen*)

1.

Olli und ich sahen uns jetzt kaum noch.

Ich hatte viele Hausaufgaben zu machen und Klavierstunden und neue Freunde …

Als ich erfuhr, dass Olli „nur" zur Hauptschule ging, war ich enttäuscht.

In den Herbstferien verdiente ich mit etwas zu meinem Taschengeld dazu, in dem ich für meine Mutter Kleinigkeiten, wie z. B. fehlende Hefe, im Laden um die Ecke besorgte.

Dort kaufte ich dann auch meine Süßigkeiten.

2.

Olli war traurig und anhänglich. Ab und zu hing ein Beutel mit Haribo-Resten an unserer Haustür.

Bei einem kurzen Treffen mit Olli erzählte er mir, dass seine Mutter im Frauenhaus lebte.

Die Tragweite dieser Information erfasste ich nur ungefähr, aber das genügte, um Olli endgültig abzulehnen.

Er weinte und bettelte und spielte abends unter meinem Fenster auf seiner Mundharmonika, was ich immer sehr gemocht hatte.

Er spielte das Lied „Ännchen von Tharau".

Aber ich blieb dabei:

Olli war zwar süß, aber nicht der Richtige.

Osterferien

Stück 3 (Frühling):

Danza Pastorale

(= *Reigen des Schäfers*)

Dann in der Oberstufe verliebte ich mich in einen Jungen aus unserer Clique.

Oliver, genannt Ole.

Er war groß, blond, intelligent und sein Markenzeichen war ein Schlapphut.

Ich fühlte mich wie eine Elfe, die ihren Schäfer gefunden hatte.

Leider war die Elfe immer noch ein wenig mollig, was wohl auch der Grund war, warum meine zarten Annäherungsversuche nicht fruchteten.

Ich musste feststellen, dass Ole mehr auf die hübschen, französischen Austauschschülerinnen stand.

Das waren in meine Augen wahre Elfen.

Ann-Christine hatte es Ole wohl besonders angetan, denn ich musste mit ansehen, wie er die ganzen Osterferien, die sie hier war, um sie herumscharwenzelte.

Herbstferien II

Stück 8 (Herbst):

Ubriachi dormianti

(= *Betrunkene schlafend*)

In den darauffolgenden Herbstferien hatte ich dann meine große Chance.

Die meisten aus unserer Clique waren inzwischen volljährig und wir probierten alles aus.

Wir rauchten, tranken und nahmen alles ein, was uns in die Finger kam.

Dazu hörten wir Deep Purple u. ähnliches.

Ob meinem inzwischen in die Jahre gekommenes Pummelchen das auch gefiel, weiß ich nicht. Aber er wurde sehr alt.

Auf einer Party ging es hoch her. Der Schnaps floss in Strömen. Joints machten die Runde.

Nach einiger Zeit waren nur noch Ole und ich einigermaßen wach.

Während die anderen schliefen oder bekifft in der Ecke lagen, unterhielten wir uns das 1. Mal richtig.

Natürlich waren auch wir unter Einfluss irgendwelcher Substanzen.

Wir wechselten in Elternschlafzimmer des Gastgebers der Party und küssten uns.

Ich jauchzte innerlich.

Dann fing Ole an zu fummeln und versuchte mich auszuziehen.

Das ging mir nun doch ein bisschen zu schnell, aber ich machte mit.

Bis „zum Äußersten" kamen wir nicht, da Ole wohl inzwischen wieder so nüchtern war, dass er keine Lust mehr auch mich hatte.

Er ging nach Hause und ließ mich enttäuscht zurück.

Ich tröstete mich mal wieder mit Pummelchen.

Es gab später noch ein paar halbherzige Versuche meinerseits, aber ich wusste, ich musste Ole abhaken.

Herbst

Stück 9 (Herbst)

La caccia

(= *Die Jagd*)

Im Herbst, im Jahr darauf, hatte ich mein Abi und schrieb mich an der Uni ein.

Ich tauchte in eine „Neue Welt", wie Dvorak gesagt hätte, ein.

Neue Männer, neues Glück

Die Jagd konnte beginnen.

Hier beendete ich das Buch über meine Kindheit.

Bleibt noch zu erwähnen, dass ich während meines Studiums versuchte, endlich abzunehmen, woraus sich aber leider eine latente Magersucht entwickelte.

Aber das ist eine andere Geschichte.

Teil V

Mit Nighty und Möhre

durch die Gezeiten

1. Abnehmender Mond

Das Buch über meine Kindheit verkaufte sich nicht so gut wie mein erstes.

Mein Verleger überredete mich, jetzt doch mal eine Lesereise zu unternehmen.

Schweren Herzens verabschiedete ich mich von Dir, Coco und Karma.

Schon am ersten Abend nach der Lesung auf einer „After Read Party" passierte mir etwas Folgenschweres.

Das aufgebaute Buffet bot köstlich aussehende Pilze an und ich machte mir den ganzen Teller davon voll.

Was ich nicht wusste, war, dass es halluzinogene Pilze waren, also Pilze, die einen high machten. In großen Mengen genossen einen sogar „drauf brachten".

2. Neumond

In der Nacht flimmerte es bunt und chaotisch vor meinen Augen.

So etwas hatte ich noch nie erlebt.

Am nächsten Morgen war das Chaos immer noch in meinem Kopf.

Ich musste die Lesereise abbrechen, was mein Verleger Gott sei Dank verstand, er entschuldigte sich sogar für diesen Vorfall.

Das seltsame Gefühl in meinem Kopf blieb und verführte mich zu seltsamen Aktionen.

3. Vollmond

Ich bekam Lust, es mit Dir im Dunkeln im
Wald zu tun oder hatte die Idee, auf dem Fried-
hof mit Dir zu schlafen.

Ich hörte fast ausschließlich Konzerte von
Rachmaninow und kaufte mir eine Fledermaus,
in der Hoffnung, sie würde sich mit Coco ver-
stehen.

Nighty, so nannte ich die Fledermaus, hing
tagsüber in der Dusche und flog nachts durch
die Wohnung.

Coco beäugte Nighty vorsichtig und blieb vor-
erst in seinem Käfig.

Nighty klammerte sich an Cocos Käfig und
starrte ihm mit seinen Albino-Augen an.

4. Abnehmende Sichel

Auch mich starrte Nighty an und irgendwann hatte ich das Gefühl, dass auch die Menschen auf der Straße mich beobachteten.

Das seltsame Gefühl in meinem Kopf blieb.

Ich fühlte mich abgehört und verfolgt.

Mir ging es schlecht, nichts half: kein Alkohol, kein Valium.

Als ich Dir erzählte, dass ich mir auch noch ein Tattoo stechen lassen wollte, hast Du, der immer noch gehofft hatte, dass es mir von selbst wieder besser gehen würde, gestreikt.

„Du musst in eine Klinik", war Dein Entschluss. „Du brauchst richtige Medikamente."

Ich stimmte zu.

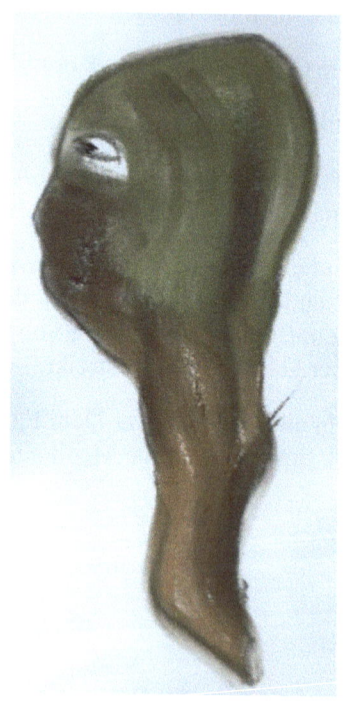

5. Mondfinsternis

Am nächsten Morgen brachtest Du mich, nachdem ich mich von Coco und Karma, dem ich in meinem Wahn schwarze Streifen aufgemalt hatte, in die Klinik.

Mir ging es total beschissen.

Meine einzige Beschäftigung war es, im Bett zu liegen und die Stubenfliegen zu beobachten.

Ich ernährte mich hauptsächlich von Haribo-Vampiren.

Du brachtest mir Papier mit, damit ich meinen Spuk mit Tinte bekämpfen konnte.

Ich bekam Tabletten, die aber einige Zeit brauchten, bis sie wirkten.

Ich schrieb kafkaeske Geschichten, nannte mich Vivi-Ann, wenn es mir etwas besser ging, und Sus-Ann, wenn es mir schlecht ging.

6. Sonnenaufgang

Dann war ich auf einmal nur noch Vivi-Ann, mit anderen Worten, es ging mir von Tag zu Tag besser.

Vieles musste aufgearbeitet werden, Du ermuntertest mich, über meine Magersucht zu schreiben. Ich war auf der Uni zu einer „Ana" geworden.

Du erzähltest mir, dass Du Nighty wieder abgegeben hattest, dafür aber eine Überraschung für hattest.

Bei meinem ersten Tagesurlaub zu Hause, sah ich die Überraschung:

ein schneeweißes, flauschiges Kaninchen.

Du hattest Dich an meine Liebe zu Pummelchen erinnert.

Ich nannte es Möhre und wollte mich abends gar nicht mehr von ihm trennen, aber ich musste noch einige Zeit in der Klinik bleiben.

7. Sonnenschein

Ich durfte jetzt schon übers Wochenende nach Hause und stellte fest, dass sich Onio, Coco und Möhre gut verstanden.

Stundenlang hatte ich Möhre auf dem Arm und streichelte ihn, während im Hintergrund Dvoraks „Karneval der Tiere" lief.

Als Coco schon eifersüchtig wurde, streichelte ich auch ihn. Ich wusste vorher gar nicht, dass Papageien so etwas mögen. Auch Onio wurde zärtlich angetippt.

Karma kaute, nachdem seine Streifen vom Regen abgewaschen waren, wie immer zufrieden wieder.

Alles war gut.

Ich versprach, keine Drogen mehr zu nehmen und wurde aus der Klinik entlassen.

Du liebtest mich noch immer und ich beschloss, ein neues Buch zu schreiben.

Nachwort

(Mit Dir durch die Tageszeiten)

Nachdem ich aus der Klinik entlassen worden war, kehrte wieder Ruhe ein.

An einem Samstag beschlossen wir, es einmal wie die Chinesen zu treiben.

20.00	Ich setze das Chili con carne auf
21.00	wir ficken
22.00	wir essen das Chili con carne
23.00	wir ficken
24.00/0.00	wir spülen
1.00	wir ficken
2.00	wir schauen einen Film
3.00	Du fickst mich
4.00	Du liest Zeitung, ich einen Roman
5.00	ich ficke Dich
6.00	ich schreibe ein Gedicht übers Ficken
7.00	wir schlafen ein bisschen
8.00	Du melkst Ann-Claire, ich füttere Coco, Möhre und Karma

9.00	wir ficken
10.00	Du checkst Deine E-Mails, ich bereite einen Brunch vor
11.00	Coco hat sich die ganze Nacht an seiner Sitzstange gerieben, Möhre hat die ganze Nacht mit seinem Stoffhasen gerammelt, sie sind wund, ich bin wund, Du bist wund
12.00	wir duschen
13.00	wir brunchen
14.00	wir schlafen ein bisschen
15.00	wir schlafen noch immer
16.00	wir schlafen
17.00	schlafen
18.00	schlaff
19.00	wach
20.00	wir ficken ohne…

… Ende